RÊVERIES.

DES PRESSES DE A. PRIGNET, A VALENCIENNES.

RÊVERIES

Poétiques,

PAR FLORVILLE BAUDUIN.

PARIS,

CHEZ CHAMEROT, LIBRAIRE, QUAI DES AUGUSTINS, N° 13.
ET CHEZ LES MARCHANDS DE NOUVEAUTÉS.
1831.

RÊVERIE.

O GUIDE ma pensée à travers mille écueils!
Revèle-moi, grand Dieu, l'abîme du mystère!...
Que suis-je? Où vais-je enfin, lorsque tout en poussière
Mes os sont calcinés, au milieu des cercueils?
Que devient la pensée et l'âme d'un poète?

Lorsqu'ils vont te rejoindre au céleste séjour?.

O Dieu, pitié pour moi! pitié pour un seul jour;

Car la foudre qui gronde a menacé ma tête!

Et l'on ne peut parler, descendu chez les morts!...

  Viens calmer mon incertitude,

  Viens, dans mon humble solitude,

Me révéler ton nom, tes actes, tes transports!

   Tu vis!... Calme par ta présence

   Et le méchant et l'opprimé.

   Le sang versé par la vengeance

   Où doit-il être remué?...

   Tu permets, ô Dieu, qu'on immole,

   Sur l'autel de la liberté,

   L'homme de l'immortalité!...

   Tu vois le glaive qui désole!.....

La foudre est dans tes mains, et tu n'oses frapper!

Ecrase le coupable et viens rendre justice.

C'est à toi qu'appartient l'horreur d'un sacrifice.

Le monde est ton ouvrage, O viens nous détromper.
Viens calmer mon erreur, et me promettre une âme.
Alors mes chants vers toi te prouveront ma flamme ;
Ils iront t'encenser, s'élevant vers les cieux....
Mais un mot, un seul mot : serai-je un jour heureux ?

Mai, 1831.

PERSONNAGES.

Un Hableur, *forte tête de l'endroit.*

Un ex-Moine, *tête à perruque ,*

Un ex-Marchand, *borgne.*

Un Clerc de notaire, *estropié.*

Un jeune éventé, *ivre.*

Un Poète.

Satire dialoguée.

— ••• —

A mes Compatriotes les Critiques.

➤✦◀

La scène se passe dans une société fermée au mois d'avril 1851.

➤✦◀

L'ESTROPIÉ.

Savez-vous la nouvelle?

LE BORGNE.

Et non, mon cher voisin.

L'ESTROPIÉ.

La Pologne succombe ; adieu pour leurs conquêtes !

LA TÊTE A PERRUQUE.

Tant mieux ; j'en suis charmé, foi d'ex-bénédictin.

Tant mieux pour nous Chouans, qui vivons de défaites,

De légitimité, de souvenirs amers;

Qui chérissons les Lys avec le blanc panache;

Nous enfin, émigrés chez ces peuples divers,

Vainqueurs de Waterloo, tous gens à beau plumache;

Et chéris de nos Rois, avec leur cruauté;

Puis capables de tout, pour vivre en esclavage,

Pour vivre dépendants. Haine à la liberté,

Est aussi leur devise.

LE JEUNE ÉVENTÉ.

Vivat à leur courage !

L'ESTROPIÉ.

Ainsi qu'à leurs drapeaux ; moi, j'aime les Anglais.

LE BORGNE.

Et moi les beaux Prussiens.

LA TÊTE A PERRUQUE.

Moi, j'aime les cosaques,

LE JEUNE ÉVENTÉ.

Peuple aimable et galant, craint par les Polonais,

Et les Russes, Messieurs, portant belles casaques,
Tous chamarés de croix.

LE HABLEUR.

Messieurs les Autrichiens
Sont très-bien.

L'ESTROPIÉ.

Oui pas mal...

LA TÊTE A PERRUQUE.

Et qu'ils ont de bravoure !
Dieu ! nos bons alliés, pour nous quels grands soutiens !
Coalition aimée ! Ah ! reviens, cher Pandoure,
Reviens nous délivrer de l'esprit libéral,
Reviens dans notre France !

L'ÉVENTÉ.

Oui, pour faire carnage...

L'ESTROPIÉ.

Comme au bon tems.

LE BORGNE.

Eux seuls arrêteront le mal.

LA TÊTE A PERRUQUE.

Pour prix de leurs hauts faits ils auront le pillage !

LE HABLEUR.

Les vainqueurs de Juillet, par eux mis au tombeau,

Ne pourront plus se plaindre , ils vivront dans l'histoire ;
Pour unique faveur ils auront l'échafaud.

LA TÊTE A PERRUQUE.

Nous délivrerez-vous de leurs trois jours de gloire ?

L'ESTROPIÉ.

Quand le *bon* Charles X fesait tirer sur eux,
Il était digne alors de toute sa noblesse.

L'ÉVENTÉ.

Le ministère aussi.

LE HABLEUR.

De ce sang orgueilleux
Polignac rejetton avait toute l'adresse.

LA TÊTE A PERRUQUE.

O zélé serviteur !

LE BORGNE.

O ministre chéri !

TOUS.

O grands hommes, trois fois amis de notre cause !...

LE HABLEUR, *réfléchissant.*

Une idée !... il faut les sauver.

TOUS.

Mais un abri ?

LA TÊTE A PERRUQUE.

L'Angleterre, Holy-rood.

LE HABLEUR.

Belle métamorphose,

Digne de toi, perruque, et digne de nous tous.

L'ESTROPIÉ.

Mais au château de Ham se trouve de la poudre,
Puis du fer et du plomb.

LE HABLEUR.

Nous aurions le dessous.

Pour agir attendons. En leurs mains est la foudre ;
Ils pourraient nous briser. Ils tiennent le pouvoir
Qui pourra s'échapper de leurs mains criminelles ?

LA TÊTE A PERRUQUE,

Que pour nous la justice est lente !

LE BORGNE,

Mais l'espoir !...

Il nous en reste encor. Sachons faire des nouvelles......

. . . .

. . . .

Le plus grand silence règne alors dans l'assemblée.

L'ÉVENTÉ.

Pour première nouvelle, il faut dite partout

Que le jeune poète, auteur de la Belgique,
Est un filou.

LA TÊTE A PERRUQUE.

Homme bien à craindre surtout :
Il dévoile le vice.

L'ESTROPIÉ.

Il a l'âme stoïque ;
Il était à Paris lors des événemens ;

LE BORGNE.

Juillet l'a vu combattre.

L'EVENTÉ

Eh bien ! jurons ensemble
De le calomnier. (*Tous lèvent la main.*)

LE HABLEUR.

De rire à ses dépens.

LA TÊTE A PERRUQUE.

Fesons-en le serment. Que notre esprit rassemble
Ici de noirs projets. Troublons avec douleur
Sa réputation ; qu'il devienne victime
Du royalisme entier, et qu'il garde en son cœur
Le coup que nous allons tous lui porter. Le crime
Imputé par nous tous, doit être bien affreux ;
Cherchons dans notre esprit, sondons la calomnie,

Jettons sur lui l'opprobre!.. Il est né malheureux :
Broyons en nos mains son destin pour la vie ;

L'ÉVENTÉ.

Et qu'il soit rejetté de la société :
C'est mon vœu.

TOUS.

C'est le nôtre !

L'ESTROPIÉ.

Allons à sa rencontre,
Et qu'un de nous, Messieurs, fort de l'égalité,
L'amène ici.

TOUS.

C'est bien.

LA TÊTE A PERRUQUE, *à l'Eventé.*

Toi, tu perdras ta montre,
Ou tu feras semblant, qu'importe?

L'ÉVENTÉ.

(*Avec surprise.*) Ah! aujourd'hui !
Mais c'est qu'elle est en or; je crois que feu mon père
L'obtint, comme usurier, après beaucoup d'ennui,
Pour dix-neuf beaux écus. Elle n'était pas chère.
N'est-ce pas rimailleur, marchand de chiens jadis?

LE HABLEUR. *(fièrement).*

Aujourd'hui négociant.

LE BORGNE.

Occupons-nous du poëte.

LA TÈTE A PERRUQUE.

Eh bien ! mes chers amis, vous êtes indécis.
Voyons, décidons-nous.

LE HABLEUR , *à l'Estropié.*

Parle donc, girouette !

On ne peut le fixer sur un objet, toujours
Au moindre vent qui souffle, il bronche de la tête !...

L'ÉVENTÉ.

Messieurs, plus de retard : je vais chercher secours,
Car je me fais victime, et vais dire mon rôle
Au café, sur la place et dans plusieurs maisons.
Je vais faire scandale.

L'ESTROPIÉ.

O! ce serait bien drôle,

S'il pouvait réussir.

LE BORGNE.

Messieurs, si nous chantions.

LA TÈTE A PERRUQUE.

Du tout, buvons ; après, notre ami forte-tête

Nous redira ses vers ou quelques bouts rimés.

L'ESTROPIÉ.

Ah ! la littérature est aujourd'hui si bête !

Mes ouvrages étaient autrefois imprimés !

LE BORGNE.

Et moi , j'ai de l'esprit ; voyez par mes ouvrages ;

Qu'ils ont eu de succès !

LE HABLEUR.

Moi , j'ai des manuscrits

Qui de nos beaux esprits obtiennent les suffrages.

Je me suis fait un nom par mes nobles écrits ;

J'ai beaucoup travaillé ; dès ma plus tendre enfance ,

L'étude était mon bien !... J'ai connu Marmontel ,

Et puis Jacques Delille ; ils prisaient ma présence ;

Il aimaient mes discours... Eh ! voilà notre Abel.

———————

La scène change à l'arrivée du poëte ; tous se lèvent et le saluent.

LE POËTE.

Le sujet qui m'amène et qui blesse mon âme

Est assez singulier ; on veut verser le blâme

Sur ma conduite ; on veut m'abreuver de tourmens ;

On veut calomnier sans pudeur mes accens.

Puis on me dit coupable ; et l'on m'ôte la vie ,

Je deviens le jouet des intrigants. L'envie

M'arrache en un instant ce que j'ai de plus cher ,

L'honneur. Messieurs , dussé-je ici trouver l'enfer,

Je viens vous braver tous , vous, dont l'âme servile

Rappelle chaque jour un monarque imbécille

Sur le trône de France. Inutile souhait !

C'est moi qui vous le dis , moi, soldat de juillet ,

Oui , moi. J'écraserai tous vos pensers sinistres ,

Si je voulais parler ou écrire aux ministres.

Mais je ne fus jamais un dénonciateur :

J'affronte l'ennemi , puis je hais l'impudeur.

C'est vous dire en un mot combien je vous méprise ,

Et combien je vous hais. Votre vile entreprise

Pourrait marquer vos noms parmi les gens cruels ,

S'ils ne s'y trouvaient pas. Allez , beaux damoisels ,

Quand vous voudrez victime , ici, prenez la peine

De mieux choisir la proie, et faites que la chaine

Qui devait l'enlacer , ne puisse sur vos fronts

Se briser. Dans leurs nids , respectez les faucons.

Ce qui paraît petit a parfois de la force ;

Il ne faut pas juger de l'arbre par l'écorce.

Ne me réveillez plus dans mon obscurité ;

En persécutant l'homme , il devient déité.

Puis on n'entendit plus parler ces misérables,

Et souvent près de lui passant, ils sont aimables.

Ils vont le saluant avec un rire forcé,

Et l'abordent parfois, lui jadis méprisé

Par cette multitude aujourd'hui toujours neutre,

Que dans toute la France on nomme encore Pleutre.

4 Juin 1831.

RÊVERIE.

eeee

MORT DU POÈTE.

Que vous importe ma douleur
Et mon sardonique sourire,
Vous me regardez quand j'expire.
Un cancer est là dans mon cœur,
Qui brûle, ronge, et qui m'enflamme.
Ignorez l'ardeur de mon âme ;
Passez, ne m'interrogez pas.
Retournez dans votre chaumière ;
Pour moi j'ai fini ma carrière
Je touche aux portes du trépas.

Non, rien ne m'attache à la terre,
Mon regard ne voit que les cieux :
Déjà je ferme ma paupière,
Et vois le séjour des heureux !...
Quoi ! déjà l'hymne solennelle :
Je l'entends...... déjà, c'est bien elle !
Mon âme, allons quittez mon corps,
Séparez-vous, l'heure s'avance ;
Encore un adieu pour la France.
Dieu le veut...., visitons les morts.

Patrie, ô patrie adorée,
Je vais entrer dans mon cercueil ;
Mon aspect inspire le deuil
Mais l'âme n'est point fracturée
Et vertueuse vers le ciel
Va s'envoler, car l'éternel
A soufflé sur mon existence.
Mes maux vont finir pour jamais.
Adieu France, adieu !... Mes souhaits
Vont s'accomplir, la mort s'avance !....

SUITE

de la Belgique libre.

Vous vous énivrez de carnage
Et vous voulez la liberté ;
Belges, avec votre courage,
Il faut chérir l'humanité.

Soyez grands et magnanimes,
N'immolez jamais de victimes,
Voyez avec horreur le sang
Surtout répandu par caprice.
Soyez toujours au premier rang
Pour combattre aimez la justice.

Il vous fallait un Roi vous vouliez un français,
La France a refusé, pour jouir de la paix ;
Mais pour moi la Belgique est une autre patrie ;
Tous mes vœux sont pour elle, ô Dieu ! reprends ma vie,
Ou comble mes souhaits.

Pour moi ce n'était point une terre étrangère,
Ce n'était point le sol banni,
En ces lieux ma joie a fini :
Depuis je n'ai connu qu'une douleur amère.

Courez, courez à l'étranger,
Allez défendre la patrie,
Allez sans craindre le danger
Allez exposer votre vie.
Luxembourg on vient d'assiéger.

Àbattez les hordes d'esclaves,
Prouvez à la postérité
Qu'un peuple, pour la liberté
Peut sacrifier même ses braves :
Pour eux c'est l'immortalité.

Mes chants parleront de ta g'oire
De tes succès, de tes héros ;
J'irai visiter les tombeaux
Des Belges morts pour la victoire.

Trempé dans le sang hollandais
Reviens déposer ton armure,
Ce n'est pas toi qui te parjure :
Des rois on connaît les forfaits.

RÊVERIE.

●●●●●

ÉLOQUENT à l'armée, au sénat, en tous lieux,
Il sut dicter ses lois en vainqueur généreux.
Au milieu des grandeurs, il était toujours père;
Toujours, de ses soldats écoutant la prière,
Il protégea la veuve ainsi que l'orphelin
Et de son peuple entier il devint le soutien.
Lui qui sut effacer l'immortelle mémoire
Des guerriers d'autrefois dont parle notre histoire.

B

Sur un rocher désert hélas! fut malheureux.

Combien il dut souffrir, ô qu'il était à plaindre,

Sur le sol étranger! mais toujours à nos yeux,

Il fut le Roi des Rois qui par eux se fit craindre.

Combien il courut les dangers!...

Sans jamais craindre la furie

Des vieux bataillons étrangers;

En peu de jours de l'Italie

Vainqueur, il revint à Paris.

Le monde admirait ce grand homme

Souvenir puissant pour un fils,

Qui fut en naissant Roi de Rome.

Lui qui fesait de ses soldats

Les premiers princes de la France,

Et qui donnait dans les combats

Des preuves de grande vaillance;

Fut abandonné des guerriers

Qu'il conduisait à la victoire;

Fatigués d'honneurs, de lauriers

Ils fuyaient les champs de la gloire.

Je l'ai vu, le vainqueur des Rois!

Ainsi que malheureux esclave,

L'univers recevait ses lois,

Il était le soutien du brave.

Quand il volait au champ d'honneur,

C'était toujours où la mitraille

Sifflait le plus, et l'Empereur

Aussitôt gagnait la bataille.

Il fut maître de l'univers,

Fit trembler jadis tous les princes,

Mais nous rapporta des revers

Et l'ennemi dans nos provinces.

Voulant vaincre les élémens,

Avec ses braves en Russie

Il perdit pour quelques instans

L'avenir de notre patrie !

Tant de grandeur humaine est allée en finir

Au vaste sein des mers. Lui, dont le souvenir

Se rattache sans cesse aux jours de nos conquêtes,

Est encore troublé par le bruit des tempêtes;

Des vagues sur sa tombe emportent les lauriers

Qui furent déposés jadis par des guerriers.

L'Océan trouble aussi les cendres du grand homme !..

Lui qui naguère un jour fut le maître de Rome

Comme ses grands héros proscrit et malheureux,

Demande qu'à jamais on le rende à nos vœux.

Qu'au milieu des français sa cendre encor plaintive,

Puisse enfin reposer loin d'une infâme rive,

Où l'Anglais insultait le plus grand des soldats,

En le rendant esclave au milieu des frimas!

1830.

A MA MÈRE.

———

Connais mes vœux, ils sont tous pour ma mère,
Oui c'est pour toi que je demande au ciel
Des jours heureux, entendez ma prière
      J'ai touché l'éternel.

J'ai demandé qu'éloigné des alarmes
Et des dangers tu puisses me revoir,

Et tu m'as vu venir tarir tes larmes
En comblant ton espoir.

Lorsqu'à Paris sur le champ de la gloire,
Je vis périr près de moi des guerriers;
Je ne voyais alors que la victoire
Et de brillants lauriers.

Depuis, songeant à ta douleur amère,
A tes tourmens, à ton long désespoir,
Plus de cent fois sous l'abri tutélaire
J'ai maudit mon devoir.

J'étais français et je sauvais la France,
J'ai combattu pour notre liberté;
Parmi les morts j'eus toujours l'espérance
de l'immortalité.

Oui tu vivras à jamais dans mon âme;
Mais je voudrais au dépens de mes jours,
Tarir le mal qui te ronge, t'enflamme !....
En t'adorant toujours.

La Pauvre Fille.

(Air de Nicolo).

Voyez ma misére,
Voyez mes tourmens :
Je suis sur la terre
Pauvre à mon printems.
Le monde abandonne
Mon âge enfantin.
Et, je n'ai personne

Je vais par la ville
Mendiant tous les jours;
L'âme juvénile
N'obtient pas secours.
J'implore sans cesse,
Et je tends la main,
L'œil de la tristesse
Baissé sur mon sein.

Quand j'avais ma mère
C'était mon appui,
Dans notre chaumière
Personne aujourd'hui!
Depuis qu'elle est morte
Je me vois sans pain;
Partout je colporte
Mon affreux destin.

J'ai bien du courage
Puisqu'il faut souffrir
L'état d'esclavage.
S'il pouvait finir!...
Adieu belle France
J'arrive à ma fin.

Non plus d'existence!..
Je me meurs de faim.

De quitter la vie
C'était son souhait :
Son âme ravie
Goûtait ce bienfait.
Ce don si terrible
Fat la liberté ;
Mais toujours horrible
Sans célébrité.

31 Mai 1831.

RÊVERIE.

A la Coalition de 1815.

L'élan pour jamais est donné ;
La France sera toujours libre ,
Et l'univers tout étonné
Penchera pour notre équilibre.
Voyez la Pologne aux combats ,
Et la Belgique et l'Italie

Secouant tous les potentats,
Cause des peuples se rallie,
Pour défendre la liberté :
Gloire à sa grande dignité !

Et quoi la liberté vient de renaître en France !
Le trône est renversé ! Bourbons, plus d'espérance,
Venez chez les Anglais mendier un appui,
Car la coalition ne peut plus aujourd'hui
Verser son sang pour vous. Ainsi parlait naguère
Un fils de la fière Angleterre.

Et le tyran, chassé du trône de son frère,
Demanda l'hospitalité
A Messieurs ses cousins, prince et rois de la terre.
Azile à la férocité,
Azile au Roi parjure, au Roi souillé du crime !
Azile à lui, tombe au héros !
Tombe au proscrit ! tombe à Napoléon victime !
A Charles parmi les bourreaux.

Qu'il vienne donc, l'esclave ! ah ! qu'il revienne encore
Renverser dans nos murs le drapeau tricolore !

Qu'il vienne nous donner la légitimité,

Avec son drapeau blanc et sa férocité,

Ces vils chiffres salis de meurtre et d'imposture,

Qui sentent de Juillet l'honorable blessure!

Qu'il vienne donc traiter du nom d'usurpateur

Le volcan du génie, hélas! notre Empereur;

Qu'il vienne dans la fange aussi toute sanglante,

Abattre nos guerriers!... La France est dans l'attente.

Venez, Russe et cosaque, et vous, vils Autrichiens,

Accourez donc, Anglais, et vous, lâches Prussiens,

Qui sentez d'Iéna la déroute complète,

Pays du vieux Blücher, connu par la retraite,

Venez nous menacer, les armes à la main;

Un nouveau Waterloo peut s'ouvrir demain

Pour nous, sans plus de gloire et sans plus de courage.

Mais notre fer vengeur veut punir le pillage;

Nous avons à régler d'être venus chez nous :

Patrie, écrasons-les, comme vil troupeau de loups.

Gens de coalition, peuples durs et barbares,

Vous pensez toujours vaincre, au bruit de vos fanfares!

Vils esclaves du Nord, comptez donc nos revers,

Et vos jours de victoire! Ils sont encore aux fers!

Nicolas empereur! Votre Czar, belle chose

Qu'un semblable tyran, grand homme à l'eau de rose!

Et tous vos généraux, tous en fuite à présent,

Que font-ils en Pologne? Ils sont tous croulant.

Votre empire grandi pourrait bien se rabattre,

Les Polonais vainqueurs vont partout vous combattre.

Ah! l'Autriche!... l'Autriche! avec sa trahison,

Avec ses archiducs et son Napoléon,

Puis sa duchesse un jour impératrice en France,

Qui dans Parme jadis attisa la vengeance,

Elle aussi veut régner, mais par la cruauté,

Et dans tout son duché proscrit la liberté.

Son fils est colonel; il était roi de Rome

En naissant. Il grandit le rejetton de l'homme;

Si du sang de sa mère il est digne surtout,

Qu'il reste en Allemagne, il n'est point de mon goût.

Puis la fière Albion doit venger son outrage;

N'a-t-elle pas Wellington, maréchal d'étalage,

Que notre bon Louis récompensa jadis,

Pour avoir fait verser le sang de nos amis.

Un pareil général qui depuis fut ministre ,

Peut commander encor : son âme est bien sinistre.

Mais Walter Scott viendra nous traiter en Chouan,

Avec notre empereur qui ne fut jamais grand,

Selon lui. Bon Anglais, car il fait de l'histoire

Des romans fort jolis, mais qu'on ne veut plus croire.

Ligue de Rois, assemblez-vous,

Propagez encor l'esclavage ;

Les peuples donnent rendez-vous

Aux Rois connus par leur courage,

Venez, la lice est en ces lieux ;

Elle est ouverte à la bravoure.

Mais nous avons pour nous les dieux,

Pour vous, vous avez le pandoure ;

L'esclave est votre seul appui,

Qu'il vienne, on a besoin de lui.

. . . .

. . . .

Pas un roi n'est venu, n'a quitté ses provinces ;
Nul despote n'est fort qu'avec des soldats,
Renforcé de guerriers, d'états-majors de princes,
　　　Au sein même de ses états !

Mais le traître Bourmont, mais Clouet mais Raguse,
Chassés du sol français qui toujours les accuse
De haute trahison, viendront instigateurs
Renforcer la Vendée, où l'on voit des horreurs,
Où l'on voit les Chouans soldés par leur noblesse ;
Où d'Angoulême viendra, conduit par sa duchesse,
En prince très-chrétien, un Christ sur le cœur,
Mais Madame tiendra la hâche du licteur
En ses royales mains ; car elle aime la France,
Pour y régner un jour, rien qu'un jour de ven·

Quand elle songe au trône, elle est toute en fureur.
Quoi ! si près d'y monter, si près de son bonheur !...
Un sceptre dans ses mains, puis, le drapeau sans tache
Chéri par l'émigré, mais casque à blanc panache
Sur son front tout royal. O le charmant tableau !

Pour eux, l'or du grand peuple, et pour nous, l'échafaud !
Pour nous, de l'infamie ! O vengeance, vengeance !
Anathème à vous tous, à votre malveillance !
Oui, le peuple a maudit votre sang pour jamais ;
Tout pacte est impossible avec les cœurs français !

1 *Mai* 1831.

RÊVERIE.

L'ORPHELIN.

Mes pleurs étaient donnés, au tems de mon jeune âge,
Au héros malheureux, à mon affreux destin,
Je languissais alors dans l'état d'esclavage,
Et je mourais de faim.

b

J'implorais le vulgaire, ainsi que ma famille,
En allant mendier le pain de l'orphelin,
Je n'avais pour appui que ma mine gentille,
      Que mon âge enfantin.

Le pain noir j'ai mangé, tout transi sous le chat
J'ai marché les pieds nuds sur le gravier fangeux;
J'ai bu l'eau du torrent, pâle comme un fantôme;
      J'étais digne des dieux!

Au peuple je disais : secourez ma misère,
Un Dieu vous le rendra; mais à de durs parens,
Que pouvais-je leur dire?... On ne peut rien vous faire
      Étaient leurs seuls accens.

Quand près d'eux je passais tristement par la ville,
Ils m'entendaient frapper la porte de secours;
Les cruels me voyaient, mendiant un azile,
      Ma voix les trouvaits sourds.

Ils allaient étalant de l'or, et leurs richesses
paraissaient ne pouvoir finir. Les insensés !

Mon jour est arrivé. Je leur fais mes promesses,
    Digne des cœurs glacés.

A la mort je vous hais!... Oui, je suis sans fortune,
Mais je vous hais toujours! ô famille d'ingrats,
Je vous hais! J'ai grandi sans parens sans pécune,
    Adieu jusqu'au trépas.

Un jour, il m'en souvient, assis dans la prairie,
Je priai l'Eternel de m'accorder du pain,
J'entendis une voix : « Enfant, plus de chagrin,
» Va tu seras heureux, en sauvant ta patrie;
» Tu méneras ton nom à l'immortalité;
» Va combattre aujourd'hui dans la grande cité !
» Partage les périls, les hasards de la guerre;
» Affronte les soldats, réduis-les en poussière;
» Puis, cela terminé, je t'attends !... » Je partis
Et je revins guerrier, sur les nobles débris
De princes et de rois, tous maintenant proscrits.

Maintenant je suis homme et connu de la France;
J'ai senti mon cœur battre aux jours de nos reve**;

Plus encor quand un Roi voulut donner des fers

A ma grande patrie. Oui, j'ai crié vengeance,

Et j'ai couru braver le premier les combats,

Les hommes gorgés d'or, gorgés d'assassinats ;

Et la foudre en mes mains, j'écrasais les perfides ;

Je les écrasai tous même avec leurs égides.

Le tyran renversé fut abattu soudain !....

Il gouverne par nous le roi bon citoyen.

1831.

Au Ministre de la guerre.

AIR : *Tout était vrai dans son langage.*

●●●●●

Nous avons sauvé la patrie,
Nous avons sauvé tous nos droits;
Et maintenant on nous oublie,
Ainsi que nos brillants exploits.
Il semble qu'une récompense,
Accordée aux jeunes vainqueurs,
Ferait murmurer notre France
Contre ses nobles défenseurs.

Depuis longtems on nous promène,
Fesant des discours et des lois;
Guerriers de la grande semaine,
On doit nous accorder des croix.
Puis le ministre de la guerre
Nous répondra, dans les six mois,
Que des galons il a fait faire,
Pour récompenser nos exploits.

Après s'être couvert de gloire,
On nous accorde des galons,
Pour avoir gagné la victoire,
Pour avoir chassé les Bourbons !
Grand merci de la récompense,
J'abandonne encore nos drapeaux;
Quoique je sois dans l'indigence,
Pour jamais je suis au repos.

J'étais officier d'ordonnance,
Lorsqu'à Paris on fut vainqueur,
Là je fis preuve de vaillance,
Gérard a jugé ma valeur.

Mais l'ennemi vers la frontière
Ose encore porter ses pas!...
Adieu mes amis et ma mère,
Je cours partager les combats.

Le 8 décembre 1830.

RÊVERIE.

Souhaits du mois d'Août 1829.

Vous tous qui recherchez le tems de vos ayeux,
Ministres du pouvoir, connaissez donc nos vœux :
Vivre libre ou mourir est l'echo de la France !
Marchez avec le siècle et rendez moins affreux

Vos souvenirs cruels ; car si notre vaillance
Se réveillait un jour, la famille Bourbon,
De nouveau rechassée aux rives d'Albion,
Pourrait bien abjurer au trône de l'empire
Ses droits payés jadis par des milliers de preux.

S'il sortait de sa tombe encore tout poudreux,
S'il revoyait son fils que l'on a dû proscrire,
S'il lisait dans nos cœurs son nom cher aux Français ;
Enfin si le grand homme à l'éclat tutélaire,
Revenait parmi nous, au milieu de la paix,
Conduit par sa vaillance et le vœu populaire,
Quel cœur vraiment français n'irait mourir pour lui ?
Qu'il était grand le siècle où tout jeune il a fui
Devant un vil métal, pour voler à la gloire,
Qui trop tôt l'oublia. Son fils (on peut le croire)
Est digne de son nom ; lui, jadis roi de Rome,
Que ne vient-il soudain, entouré de guerriers,
Pour recueillir les droits et le sceptre de l'homme
Que fit mourir l'Anglais. R***, que des lauriers
Ombrageaient en naissant, cours, le peuple t'appelle,
Et soumis à ton sang, il te sera fidèle.

Ne crains plus le Bourbon : il vint dans nos revers

Moissonner nos héros ; nous rapporta des fers,

Pour liberté promise. Ainsi que le reptile,

Il se nourrit des maux de la guerre civile.

Il promit le bonheur, et changea nos drapeaux ;

Et le Français victime a foulé ces lambeaux,

Qui nous virent vainqueurs aux combats d'Italie,

Et qui n'existent plus..... Pleure, pleure, ô patrie !

Septembre 1819.

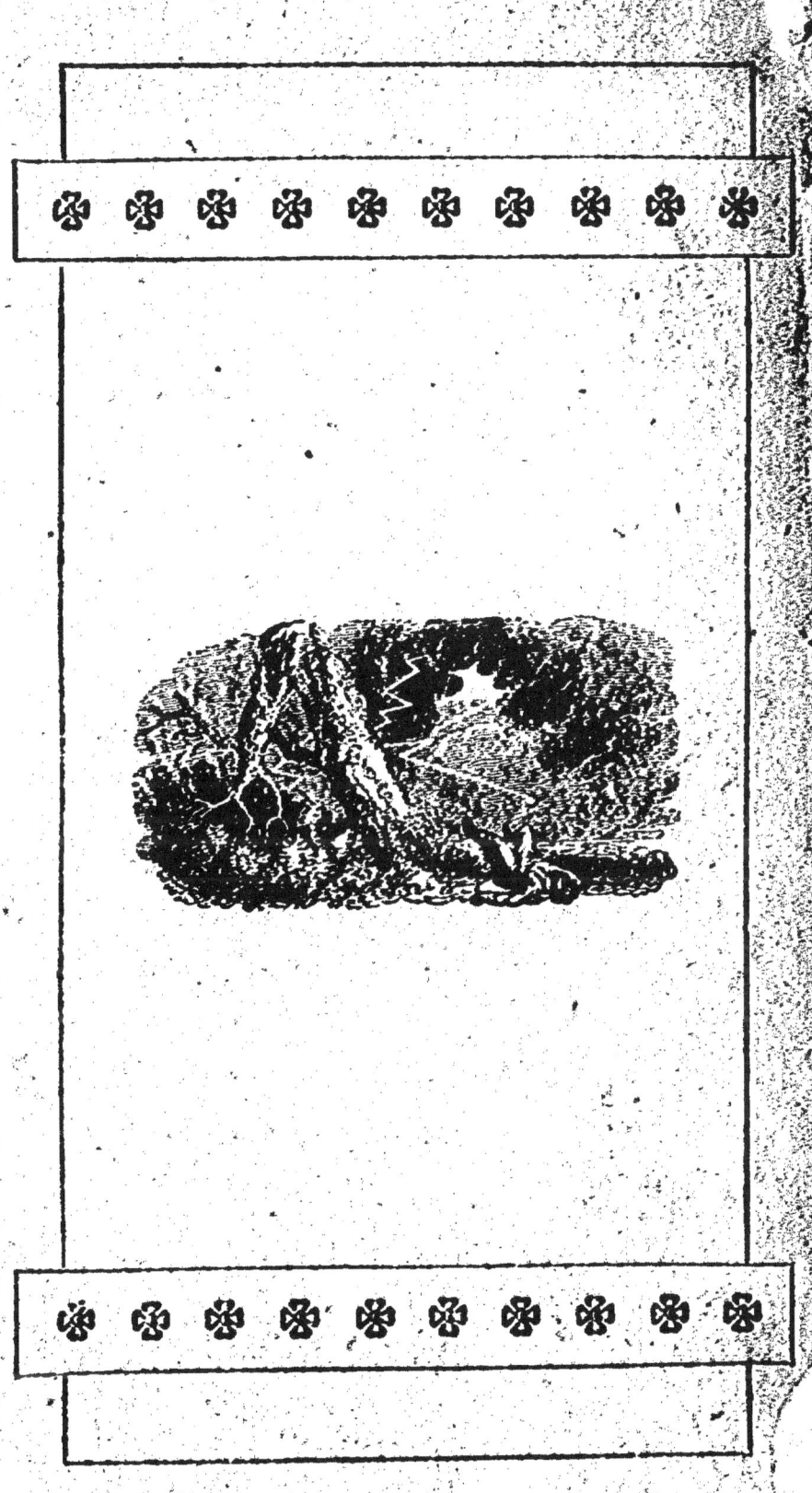